アナ・トレントの鞄

クラフト・エヴィング商會

新潮社

いまはもう昔——、

『ミツバチのささやき』という映画を観たとき、主人公を演じるアナ・トレント嬢が手にしている鞄が気になった。

気になったというか、あるいはもっと単純に「気に入った」というべきか——。

その鞄をいつか手に入れたいと夢見るうち、誰かに奪い取られたかのようにごっそりと時間が流れた。

時移り、二〇〇三年九月。

スペインはサン・セバスチャンで開かれた映画祭のポスターに、『ミツバチのささやき』をモチーフにした不思議な写真があらわれた。

奥行き長く伸びる線路の上にふたりの少女を配し、三十年前の映画の一シーンを再現している。ひとりは線路に耳をあててうずくまり、ひとりはこちらを見据えて線路の上に立っている。

かつての一シーンのとおり、立っているのはアナなのだが、驚いたことにそのポスターのアナはよく見るとかつての少女ではなく、成熟した女性として、しかし少女のときの格好のまま、こちらをじっと見つめている。

時のパースペクティブを思わせる線路の上には、あの懐かしき鞄も健在だった。

そこでふいに、「もういちど」という言葉が頭をよぎる。
長らく気になっていた——いや、気に入っていたその鞄をどうにかして仕入れ、我がクラフト・エヴィング商會のあたらしい商品カタログに紛れ込ませたい——
いまいちど手をのばしてみて、それがまだそこにあるのかどうか確かめてみたい。

かくしてふたたび、仕入れの旅に出かけることになった。
古今東西、あらゆる時空へ向けての仕入れの旅。
ここに集められたのはそのひとまずの成果と言っていいかどうか——。
探したのは、あくまで「アナ・トレントの鞄」だったが、時のパースペクティブは、魅力的でとんちんかんな寄り道をつぎつぎ用意して待ち構えている。
このカタログに並んだのは、さしずめ鞄の中身ということになるだろうか。

鞄の中身

catalogue a

装幀・レイアウト＝吉田篤弘・吉田浩美
写真＝坂本真典

アナ・トレントの鞄

鞄にのまれる

仕入れの旅に出るときは、やはり大きな鞄を携えてゆくことになる。
中身はからっぽだが、帰国したときには、そこに仕入れた品々があれこれ詰め込まれている。
今回の旅は、この鞄に「鞄」を仕入れてこようというのだから、なんだかじつにややっこしい。

スペインにオユエロス村というところがあって、そこが『ミツバチのささやき』の舞台なのだが、いかにも遠いところの地名で、新宿の書店で買いもとめた地図になど載っていないように思えた。

が、地図を開いて虫眼鏡でのぞくと、ちゃんと載っている。

想像もつかない遠い場所で、遠い時間を題材にした映画が三十年前につくられ、そこに登場する鞄を探そうというのだから、まったくあてがないと思っていた。

それが地図に載っている。

途端に、絵空事の絵の中の鞄に重さが加わり、あの鞄の中には何が入っていたのかと新宿の雑踏を歩きながら考えた。

時間的になのか空間的になのか、どちらかはともかくとして、鞄は人が遠くへゆくためにつくられたものに違いない。

五分後に机上で使う筆箱を鞄の中に入れたりしない。

筆箱は、数時間後か数日後に、ここではないどこかで使うために鞄の中にしまわれる——ということは、鞄はただそこにあるだけで、どこか遠くと結ばれていることになる。

鞄が人を遠くへ誘うのだ。

口を開けた鞄にのまれ、それで見知らぬ旅へと出発できれば、これ以上のことはない。旅券を手配する必要もなく、空や海を渡ることもない。

つまり、どこへたどり着くのか、旅人にもわからない。

「鞄に聞いておくれ」

そう言うしかない。

catalogue

a

あてもなく、意味もなく、
拾いあげられたり、集められたりしたもの。
すべて一点限り。

エッジの小さな劇場

何もないところだと聞いていたが、たしかに何もない。
くたびれた犬が寝ていて、くたびれた男が酒場の前に出した椅子で寝ている。
手を組んで、うつむいて。
「劇場がある」と教えてくれたのは、破れた青い帽子をかぶったそばかすだらけの少年だった。
「小さな劇場ですが――」
申し訳なさそうに彼は言い、指さした方角のはるか彼方に豆粒大の建物が見えた。
近づいてみると、その建物もまた眠っているようだったが、夕方になって赤々としたネオンが灯ると、少しは見栄えがして、劇場らしく血がかよい始めた。
どこから現れたのか客もポツリポツリとやって来て、窓口で切符をもとめてひとりふたりと中に消えてゆく。

プログラム表をたしかめてみると、『蜂蜜盗人』とあった。聞いたことのない映画で大いに魅かれたが、長い作品で終了は深夜になるという。チケットを買うかどうか躊躇していたら、「テイクアウトもありますよ」と窓口から声がかかった。
「テイクアウト？　映画の？」
「ええ、もしなんなら一本立てもありますし、たっぷり楽しみたいのなら四本入りの詰め合わせもあります」
窓口から差し出されたのは赤い小箱で、蓋をはずすと中に煙草が四本並んでいた。
「これが映画？」
「ええ、携帯用のシガレット・ムービーです」
いつでもどこでも、観たくなったら火を点けて煙を吸えば、頭の中のスクリーンに映画が映し出されるという。話だけ聞いていると、いささか危険な香りがたちこめてくるが、少なくともその国の法には触れていないし、煙草ではないので、喫煙を禁じられているところでも楽しめる。害はないのかと訊いたら、
「それは映画によるでしょう」
もっともなことであった。

Edge
THEATER
4
cigarette
movies

5. Derrière la gare Saint-Lazare, Paris, 1932.
24. Bas de la ville, New York, 1947.
38. Le Cardinal Pacelli à Montmartre, Paris, 1938.
14. Arènes de Valence, Espagne, 1933.

ひとりになりたいミツバチのための家

それはそうかもしれない。
ミツバチにもひとりになりたいときがある。
彼女たちについて知れば知るほど、
彼女たちには「自由な孤独」が必要であると考えさせられる。
彼女――そう、彼女なのである――は、寡黙な労働者であり、知られざる無名のクリエイターである。
人は皆、何ら感慨もなく、蜂蜜を「ハニー」などと甘ったるく呼びならわすが、
あれは彼女たちの休みなき労働、すなわち――
花の選択、永き飛翔、命がけの運搬、そして女王への敬意、
その他もろもろの規律正しい「繰り返し」が創りあげた六角形の結晶なのである。
ひとりの気高き働き蜂が、その一生をかけて精製する蜂蜜は、わずかスプーン一杯

にしかならないといわれる。
それを、われわれは食品売場で手に入れる。
「アカシア」とか「レンゲ」といった花の種類をたしかめて手にとり、瓶に貼られたラベルの細かい文字を、閑にまかせて読み上げる。
〈内容量〉とか〈賞味期限〉とか〈販売者〉とか〈生産者〉など。
もし、そこに〈生産蜂〉という欄があったら、はたしてどんなものだろう。
このひと瓶の蜜のために働いた八十四名（推測）の蜂の名が列挙されているのだ。
マリー、
ローラ、
イザベル、
キャロライン
…………
ひととき、羽を休める時間が必要だったのではないかと、陽気な縞模様に隠された苦悩をぼんやり考える。
彼女たちが週末を過ごすための小さな家を、彼女たちのために仕入れようと考える。

for rent

旅の途上　1　オトリ商會

水平に移動していた。

わずかな高低はあるかもしれないが、あきらかな坂などまったく見当たらず、水平線や地平線に沿って、なめらかに音もなく移動していた。

途中、道を横切ったのは黒い犬と大きな荷物を背負った少年数名。

少年の多いところだった。

「ところ」と記すのは、そこが町なのか村なのか、どう呼んでいいのか分からなかったからで、借り受けたオンボロ・ヴァンには、ナビゲーターなど搭載されているはずもない。まさに、いまどこにいるのか分からないまま水平に移動し、とにかく自分たちが地球上のどこか一点を這いずり回っているということ以外、何ら報告できることがなかった。

しかし、そんな辺境の地にも商店はあり、しかもそれが、どこでどう仕入れてくるのか、得体の知れないものばかりを揃えた雑貨屋だったりする。

〈オトリ商會〉という看板を掲げた、どこか他人事とは思えない怪しげな名前の店

があって、小さな店の中に、半ば放り出したように商品――というかガラクタ――が並べてあった。この店、入口らしきものもなく、外の石畳の道がそのまま店の中につながっていて、その石畳に猫の置き土産のように「商品」が点々とディスプレイされていた。客は「買う」というより「拾う」ような心地だが、その商品というのがまた馬鹿げている。

宝石の外れた指輪、キャップのない萬年筆、穴のあいた酒杯、頁をめくるのに苦労するような小さな手帖――等々。

さらに驚いたのは店主その人で、彼もまた商品のひとつのように石畳に寝転がって、「やあ」とか、「いいだろ、それ」みたいなことを、のんびり話しかけてくる。

「この、ちっこい手帖は何に使うの？」と訊いてみたら、

「そいつはラストシーンを書き留めておくための手帖だよ」

「ラストシーン？」

「誰の人生にも、ラストシーンはあるものさ」

ずいぶん気障なことを言って、粋がってニヤリとひとつ笑ってみせた。

見事なくらい、前歯が三本欠落していた。

稲妻の先のところ

色は緑と青の二種。
「稲妻獲り」の名手によって捕獲された新鮮なる稲妻の、その先のところ。
新鮮であるほど、先端にはまだわずかな発光が認められる。
命をとられない程度の甘い電気がジリジリ音をたてて指先から伝わってきて、
体内の「嫌なもの」を焦がしてくれるとか、くれないとか。
言うまでもなく、すさまじい夕立のあとが仕入れどきになる。

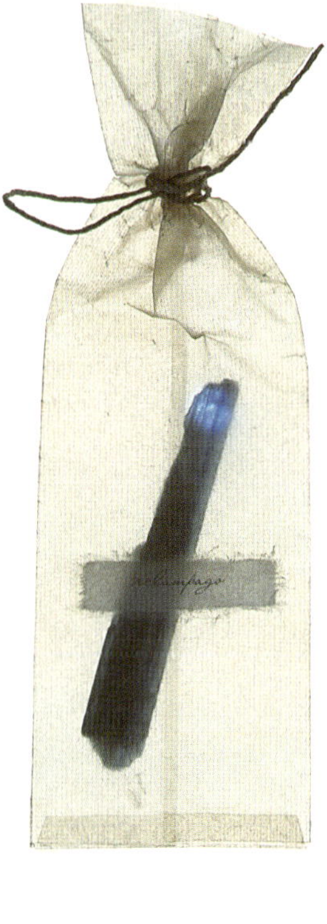

「F」の小包み

ある日、「F」とひと文字だけ記された小包みが届く。
「F」が誰なのか、あるいは何を意味するのか誰も知らない。
が、おそるおそる小包みをひもとくと、
誰もが間違いなく「F」の虜になってしまう。
「F」なしではいられなくなる。
「F」のことなど、それまで深く考えたこともなかったのに、
気づくと「F」という名のノートをつくり、
「F」についてのあれこれを考察したり書きとめたりしている。
しかし、それでも「F」の小包みがいつ届くのかは誰にも分からない。
常に待ち遠しい「F」の小包み。

F

F
F
F

F
F
55
F

おかしなレシピ

本当は何ひとつおかしくない。
きわめて詳細なレシピ集である。
きわめて真っ当なレシピ集である。
すなわち――、
「懐かしい夜のほのぼのした牛乳の沸かし方」から、
「ひとりぼっちだけれど、クリスマスなので鶏の丸焼きをどうしても食べたい人のための前向きなレシピ」まで。

サンドイッチ・フラッグ

昨年、コレクターの第一人者が亡くなり、膨大なコレクションが市場に流出した。
その数、じつに三万点。
どういう経緯で、いつ誰がサンドイッチに旗を立てようなどと思いついたのか、世界中の百科事典を調べてみたが、これといった記述は見つけられなかった。
百科事典に記載されていないことは、祖母に訊けばいい。
答えは――
「知らないねぇ」
百科事典にも祖母にも解けないのだから、これはもうはっきり神秘と言っていい。
思えば、神秘がいつでも人をコレクターにしてきた。

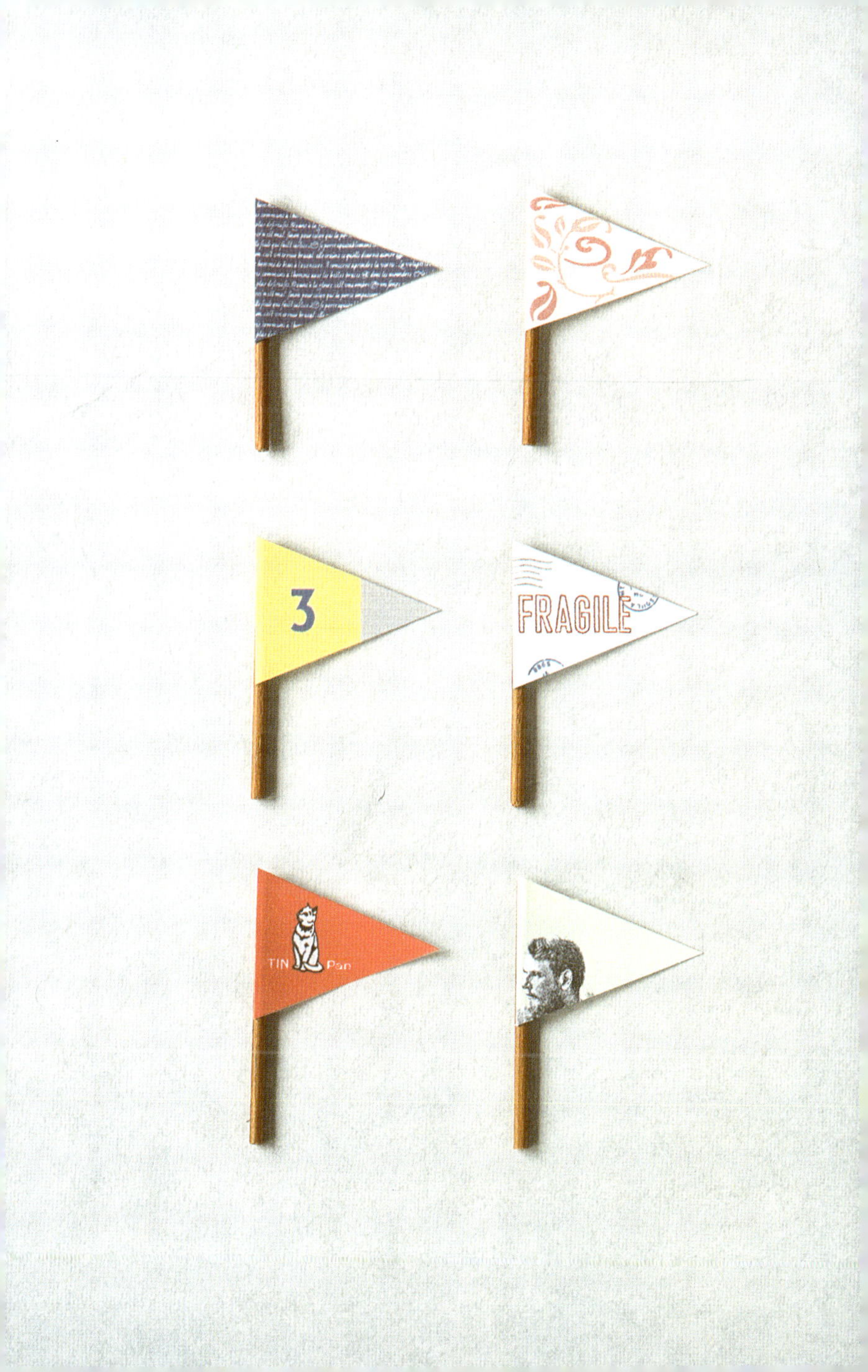
3
FRAGILE
TIN
Pan

マアト

Ｍａａｔ〈マアト〉とは、
古代エジプト人が魂の重さを量るときに使った羽根の名前。
天秤の片方にこの羽根を載せ、もう片方に魂を載せて量る。
つまりこの羽根は、魂のごとき有るか無きかの重さしか持たないわけで、
この菓子もまた同様につくられている。
手にしてもまるで空の箱でしかない。
しかし包みを解くと、そこに有るか無きかの、じつにはかない菓子の気配がある。
消えてしまわないうちに口の中に含むと、やはり有るか無きかの味わい。
脳にまで伝わるかどうかの、舌だけに記憶される味。
そのはかない味の消息のために、趣向がひとつ設けられている。
この菓子、箱は同じであってもそれぞれに名前がある。

菓子の重量によってさまざまな天使の名が与えられ、
命名するのもまた菓子職人の仕事のひとつになっている。
たとえ百戦錬磨の職人であっても、完成するまでその重さが分からない。
完成した菓子を職人が厳密に量り、その重さによって名前が決められる。
名前はいずれも天使の名で、たとえば——
18グラムであれば「ラファエル」。
16グラムであれば「セラフィム」というように。
重さと名前は、菓子に付けられた小さなラベルに記されて即座に封印される。
ここでは「即座」が何より重要だ。なにしろ「有るか無きか」なのだから、
のんびりしていたら、即座に消え失せてしまう。
したがって、菓子は即座につくられ、即座に計量される。
即座に命名されて、即座に封印される。
当然ながら、食す側も即座に購入し、即座に包みを解き、即座に口に放り込んで、
「…………」
即座にこの世から消えてなくなる。

七つの夜の香り

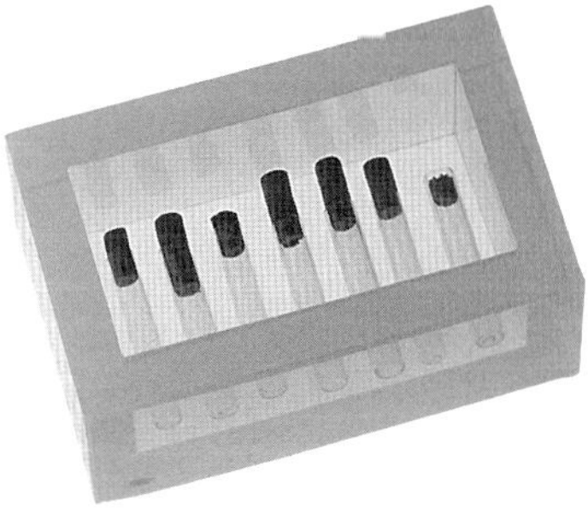

あらゆる、過ぎ去った夜から選ばれた七つの香り。
詳細は不明なれど、香りはそこにある。
何かの証拠物件のように。
いびつなコルクを外せば、ゆるやかに夜がたちのぼってくる。

ただひとつの夜の香り

あらゆる、過ぎ去った夜から選ばれたただひとつの香り。

シレーノスの函

かつては、〈万能薬〉を収める薬函であったといわれる。
時代が変わって、いまはパン屑函。
テーブルに散ったパン屑を集めてこの函に収める。ただそれだけのもの。
集められたパン屑は、賢い小鳥たちに与えられる。
朝早く、彼らが陽気に歌うのを耳にしながらパンを食す。
鳥は歌って、われわれは食べる。
食べればまた屑が出て、それを鳥がまた食す。
では、われわれはいったい何を歌えばいいのか。
醜いほどに散らばったパン屑を見おろしながら、
毎朝、それを考えている。

ひんやりとしたおとしもの

どうやら星ではない。
夜の道端で冷たく青く光っていたようだが、
星ではなく、誰かがおとしていったものだという。
きっと、ポケットに穴でもあいていたのだろう。
「これは、ひとつきりですか?」と古道具屋の主人に訊いてみると、
「いやいや」と奥から3ダースもあらわれた。
よほど、大きな穴があいていたと思われる。

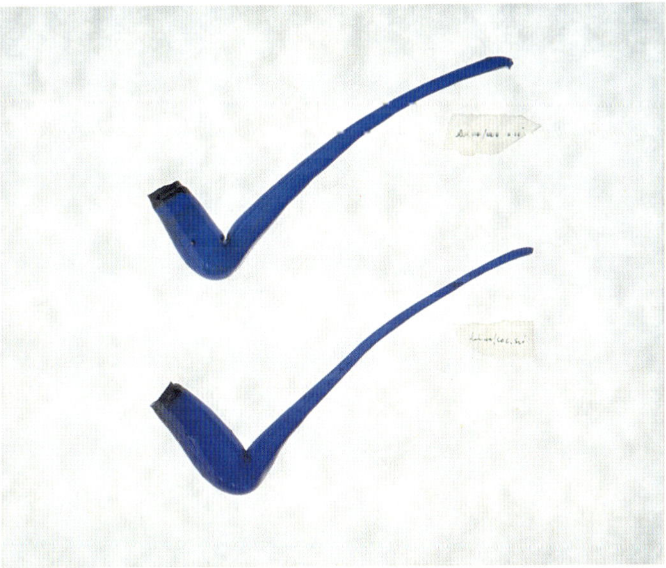

『セリンジャーのラウンド』の変ロ音

グレン・グールドが書いているとおり、16世紀の作曲家ウィリアム・バードの小品『セリンジャーのラウンド』には、最終変奏の3小節目に、そこだけにしか登場しない「変ロ音」が一音はさみこまれている。
この音は、たった一音でありながら、
ひとつの楽曲が終結することを予感させる不思議な音だ。
この音叉は、その一音のみを響かせる。
ある調律師の遺品であるといわれている。

1re Position
2e Position
3e Position
4e Position
5e Position
Pas tortillé en côté
les 2 bras étendus
Mouvement semblable

ドーナツの袋に書いた物語

どこの誰か知らないが、ドーナツの袋に延々と物語を書き継いだ男があった。
まるで新聞の連載小説のように。
推測では全部で258話になるはずだが、現存するものはその半分にも充たない。
男は毎日ドーナツ屋にあらわれ、ドーナツをひとつ注文し、
持参した水筒で水を少しずつ飲みながら大切に食べた。
食べ終えると、ちびた鉛筆を取り出し、ドーナツの袋を引き裂いて、そこに物語を
綴ってゆく——。
二年間つづけた。
わずかなお金で空腹を紛らわせ、同時にノート代を節約したのだ。

BLANKET BLOOM'S
DOUGHNUT
HOME MADE

小窓

小窓さえあれば、
どれほど息苦しいところでも、自在に外を覗くことができるだろう。
というのはタテマエ。
いつか誰かが、小窓の中にわたしを見つけてくれるのを待っている。

終景手帖

文字通り、ラストシーンを書きとめるための手帖。
映画、小説、そして日常で。
「これは終景である」
そう感じたときに——。

〈スペード専門店〉の広告

当然、ハートもダイヤもクラブも見当たらない。
ただ、スペードのみ。
あらゆる用途に対応すべく、さまざまなスペードを取り揃えている。
思いもよらない場面での活用を、〈スペード専門店〉は提案しているようだ。
たとえば――
「しばし、一服」のために、
スペードをひとつ、どうぞ。

magazine	so often	proclaimed	the martial	gather	together	conspicuous	instances	hero
virtues	conspicuously	chronicle	also	those	ism	in modern	life	sometimes
stantly	illustrate	the dangers	the bravery	figure	physical	courage	quite	much
civic	police	Mr. Kobbé	has set	forth	heroisms	moral	The young	medicine
lighthouse	service	life-saving	quires	along with	profession	nearly	all	conta
unusual	shown	men	engaged	hazardous	yet	generally	mean	bravery
artist	Hovenden	perished	endeavor	bravery	no	greater	opportunity	for
this series	narrating	adventures	various	statesmanship	there is	an	extraordinary	other and
performed	only	peaceful	armies	navies	admirable	heroic	may	actions
numbers	imperilled	develops	betrays	acts	heroism	great	mass	examples
creditable	human	nature	impossible	this kind	becomes	known	attracts	applause
fire	company	under	uniform	for	which	he	praised	required

$5.00 to $35.00.

Catalogues at all dealers or by mail.

E. & H. T. ANTHONY & CO.

intermission

しばし、一服

catalogue

b

忘れられて居場所を失い、

人々のかたわらから、消え去ろうとしているもの。

やはり、すべて一点限り。

ほのかな光、いくつかの断片

ほのかな光といくつかの断片さえあれば、それで事足りる。
それは子供のころの枕もとにあったメルヴィル社製20Wの豆ランプ。
それから、外国のクラッカーのおまけに付いてきた豆本が何冊か。
豆本の作者はたぶん一人で、どれも同じような話ばかりだ。
しかも、どれも尻切れトンボで終わる。
それでも、豆ランプのもとで何度も繰り返しその豆本を読んだ。
尻切れの話のつづきを考えながら。

ポケットに入るシンフォニー

きわめて短い、しかし、壮大な交響曲。
知られざる音楽家、ビクトール・キリントン氏は、
そのような〈ポケット・シンフォニー〉を72番までつくりあげた。
そのレコードは、もちろんすべて胸のポケットに収まる。

Victor Killington
Pocket Symphony
No.67
Victor Killington
Pocket Symphony
Victor Killington
Pocket Symphony
No.34
Victor Killington
Pocket Symphony
No.17
Victor Killington
Pocket Symphony
No.58

軽業師の足あと

ただの足あとでないことは御承知のとおり。
これはあの有名な軽業師の足あとである。
よほど目をこらさなければ、よくわからない。
雲の上を歩き、空に残したかのごとき柔らかい足あと。

月夜のタイトロープ

月夜のビルからビルへ、
いつでも好きなときに綱渡りができるよう、彼は冬のサーカスで修業を積んだのだ。
冬の空気を封じ込めたピンと張りつめたロープ。
携帯用です。

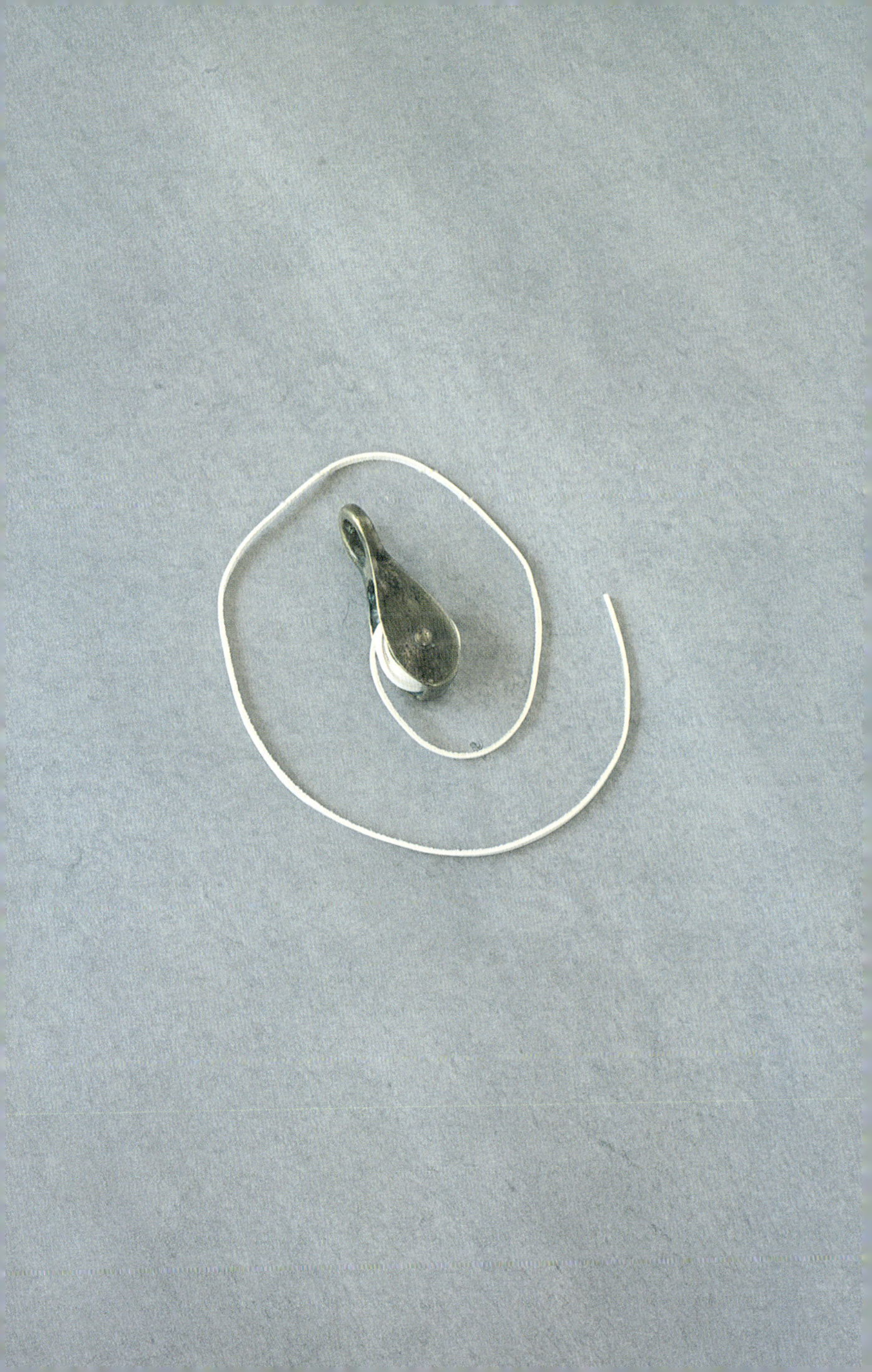

「キリン遣い」の絵葉書

なぁ、おい、キリンよ。
お前の首がそんなに長いのは、高い樹の上のうまそうな葉を食べようとしたからだと頭のいい人が言っていた。
本当にそうか？　本当はそうではないだろう？
お前はその優しい目で、自分の知らないどこか遠くの世界を見たかったのだろう？
違うか？
「違いますよ、旦那」とキリンは長い首を振る。
わたしはただ腹が空いていただけです。遠い世界のことなど考えたこともないです。
それに、眼鏡をかけないと何も見えないんです。
ああ……わたしの考えていることを、旦那に伝えられたらいいのですが。
わたしはただ首を振るばかりです。

La persistencia de la memoria

「手乗り象」の絵葉書

「手乗り象」の実在については、まだ確たる証拠が見つかっていない。
十九世紀の終わりにインドで捕獲され、
ロンドンの見世物小屋に登場したことがあると伝えられているが、
人魚や一角獣と同じように伝説の域を出ていない。
ところが、つい最近のこと、
ある研究者が、一枚の図版を発見して大きな話題となった。
たしかに、女性の手の上に象が乗っている。
世界中の「手乗り象研究者」が真偽をめぐって議論を戦わせたが、結論は「本物」。
ひとつだけ気がかりなのは、
この図版を発見した研究者が、「手乗り象」ではなく、
「大女」を専門にしていたことである。

La bella chocolatera

道化師たちの鼻

『道化の鼻の歴史』という本がある。

著者は〈蚤の市〉でたまたま見つけた小さな赤い球体が、道化を演じるために使われた「鼻」であることに気づき、サーカスはもちろんのこと、無数の劇場とレビュー小屋を訪ね歩いて「鼻」を渉猟してゆく。

その多くは、小道具が仕舞い込まれた倉庫の片隅で見つかり、ひとつ見つけるたび、その「鼻」が活躍した時代を割り出し、その「鼻」を装着したであろう道化師たちの名を、ひとりひとりあぶり出してゆく——。

末尾の一行が胸に響く。

「人はみな道化である」

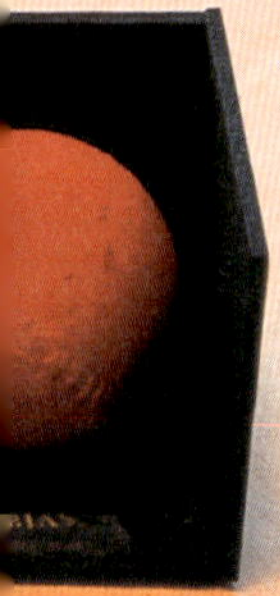

DAVID
WILL
PATRICK
JAY

無口。小柄。涙もろく遠慮がち。父親は大工。母親は幼年期に亡くした。芸人としては超一流で、ふだんは無口なのに、観客を前にすると、一転してとめどなく言葉があふれ出た。あだ名は「ガラス玉」。おそろしいくらい澄んだ目をしていた。

PATRICK

通称「壁抜け男」。あちらにいたかと思うと、もうこちらにいる。俊敏。身軽。しなやか。機知に富み、いかなる場面においても的確なジョークを放った。同業者に愛された道化で、渡り歩いたサーカス団の数、じつに54。身軽な独身のまま生涯を終えた。

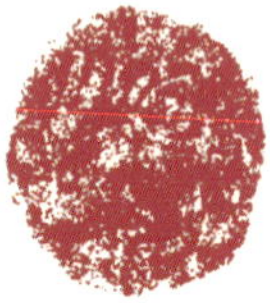

TOBIAS

おそるべき大食漢。体格も立派だったが、足首だけが異様に細く、それゆえ「風船ピエロ」と呼ばれて人気を博した。ダイナミックかつスピーディーな軽業の妙は他の追随を許さない。ステッキを収集するのが趣味というダンディーな一面も。

WILL

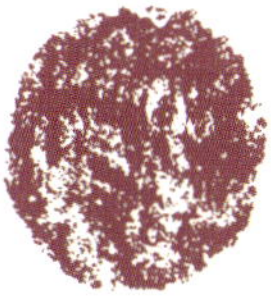

DAVID

とある若き無名の画家が描いた彼の肖像が残されている。大粒の涙を流したメイクを施し、「悲嘆屋」と自らを称して「悲しき道化」を追求した。画家の青年は彼の恋人であり、微笑をたたえた青年の自画像は『悲嘆屋の希望』と題されている。

JAY

「のっぽのジェイ」。区役所の帳簿係だったのをスカウトされて道化師に。堅実家で読書家。ひどい近眼で、ナイフ投げの名人である妹と常に行動を共にしていた。引退後、二人は街角に軽食堂を開いて静かな晩年を過ごす。店の名は〈ワルツ〉といった。

CANDIA

「歌う道化師」。ただし歌は上手くない。上手くないことが彼の芸で、実際は上手いのではと誰もが疑っていた。「いや、違うんだ。本当に本当に上手くないんだ」と音痴で歌う彼に観客は笑いを誘われた。巡業中、飼い犬を連れて失踪。以来、行方不明に。

旅の途上　2　これからどちらへ

「鼻拓」とでも呼べばいいのか。
道化の鼻をスタンプに見立て、白い紙に捺しては、団子鼻の標本をつくった。いささか馬鹿げているが、それなりに手間ひまはかかっていて、旅の途上で巡業中のサーカスを見つけると、現役ではない、いまはもうこの世にいない道化師が遺したものを、故人の思い出話とともにかたどった。
道化は姿を消してもなお道化で、語られる逸話もそれを語る団員たちも、自然と笑顔につつまれて笑いが伝染する。が、笑いはそのうち涙に変わり、皆が同じように――鼻ではなく――目を赤くして、にじんだ涙を拭いながら語ってくれた。
出会ったサーカス団のほとんどは旅から旅への生活で、極彩色のテントをたたんで立ち去ろうとする彼らに、「これからどちらへ」と尋ねると、「秘密ですよ」といたずらっ子のような顔をして教えてくれなかった。あるいは、団員たち自身、自分がこれからどこへ行くのか本当に知らなかったのかもしれない。
いまの時代では、希有なことであった。

空中楼閣にしか見えないインターネット上のウェブサイトにさえアドレスは存在し、地に足など着けないで自由に振る舞ってみせても、「ｗｗｗ」と、しつこく念をおされるように居場所を定められてしまう。

足が地に着いたお化けなんて、ちっとも恐くないし、夢もない。が、ときに「Not Found」とだけ画面に残し、サイト丸ごと消え失せているのを見つけたときは、サーカスが立ち去ったあとの小さな空き地を思い出す。

ひとまわりもふたまわりも小さく見えるのは空き地だけでなく、衣装を脱いで素顔に戻った団員たちも同じこと。彼らはテントの中で見たときよりもはるかに若かったり、でなければ、ずいぶん年老いて見えた。

「で、君たちはどこから来たのか？」と訊かれ、

「東京からです」と答えると、

「ああ、知ってるよ、前に一度行ったことがある。あの街には、テントを張るためのいい空き地が見当たらなかったよ」

現役の道化師が、懐かしげな顔になってそう言ったのが印象的だった。

スーパーカリフラジリスティックエクスピアリドーシャス

英語で綴れば――
supercalifragilisticexpialidocious
これはメリー・ポピンズが唱える魔法のおまじないだ。
およそこれだけを口にしていれば、世の中こわいものなし、
――ということになっている。
が、そう簡単には覚えられない。スペル・ミスは当然ながら失格になるし、
正確な発音もまた必須となる。
居並ぶアルファベットは三十四文字で、本書の目次に居並んだ品目もまた三十四品。
これはまた偶然か――。
それとも魔法の仕業であるのか。

SUPER
CALI
FRAGILI
STIC
EXPIALI
DOCIOUS

セザール・ソフランクという名の犬

少しばかりさみしいことがあって、うつむいて歩いていたら、
道端で用をたしている散歩中の犬と目が合ってしまった。
美しい首輪をして、そこに「セザール・フランク」と彫ってある。
彼は右前脚の先を怪我していて、飼い主特製の白いソックスを履いていた。
「もう治らないのよ」
飼い主の彼女はそう言う。
その遺されたソックスと、食事のための小さな皿。

プロンプターの引き出し

彼らは、人知れずこの世の暗幕の向こうに身をひそめている。
言うまでもなく静かに生活している。
言うまでもなく黒い手袋をしている。

ある引き出しには、手袋ばかりがいくつもしまってある。
ある引き出しには、科白が書きこまれた黒いノートが何冊もある。
彼らが一様に痩せているのは、充分な食事をする時間がないからなのか。
引き出しの奥には、誰かから贈られた香水が封を切らずにそのままある。

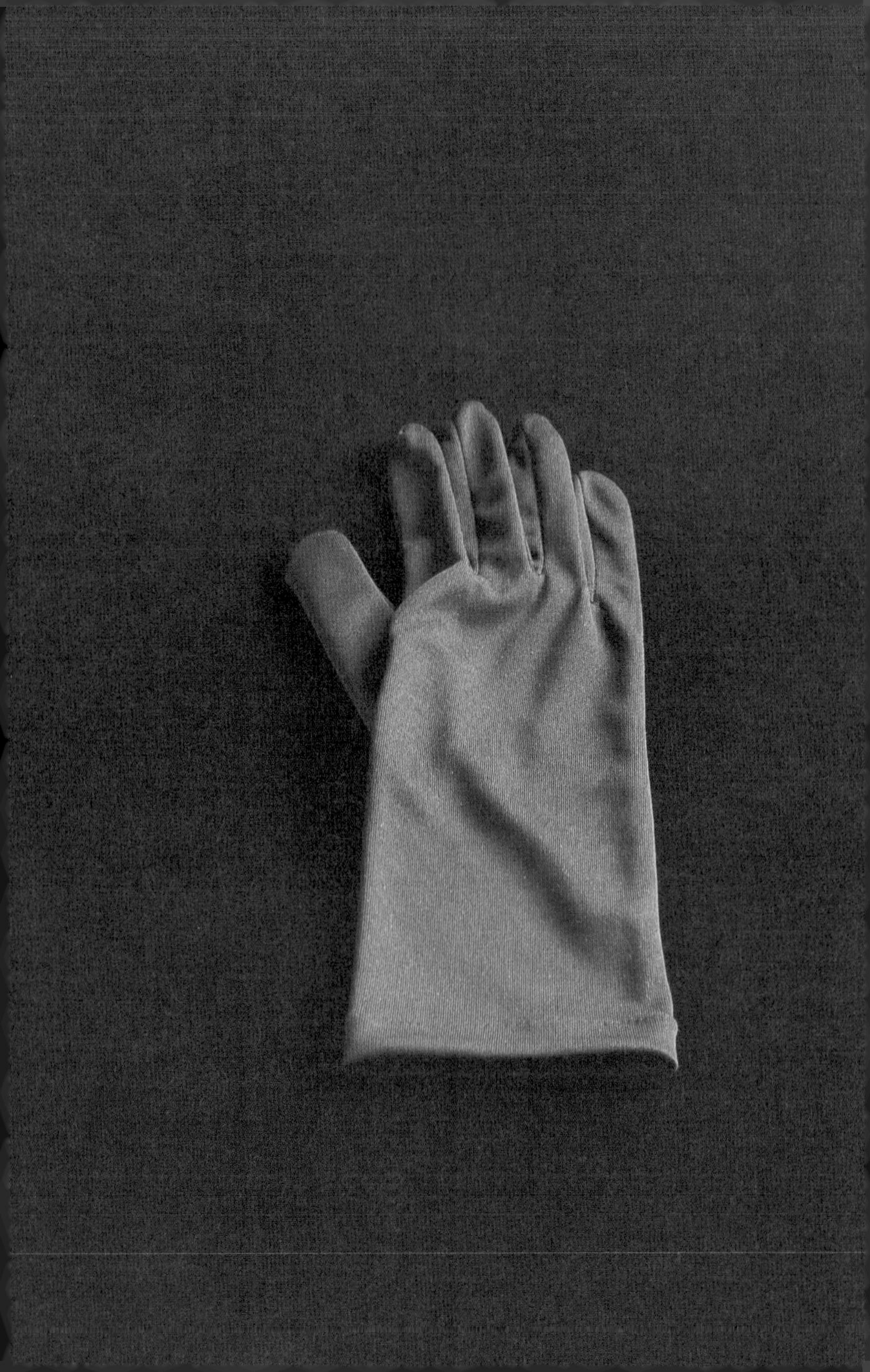

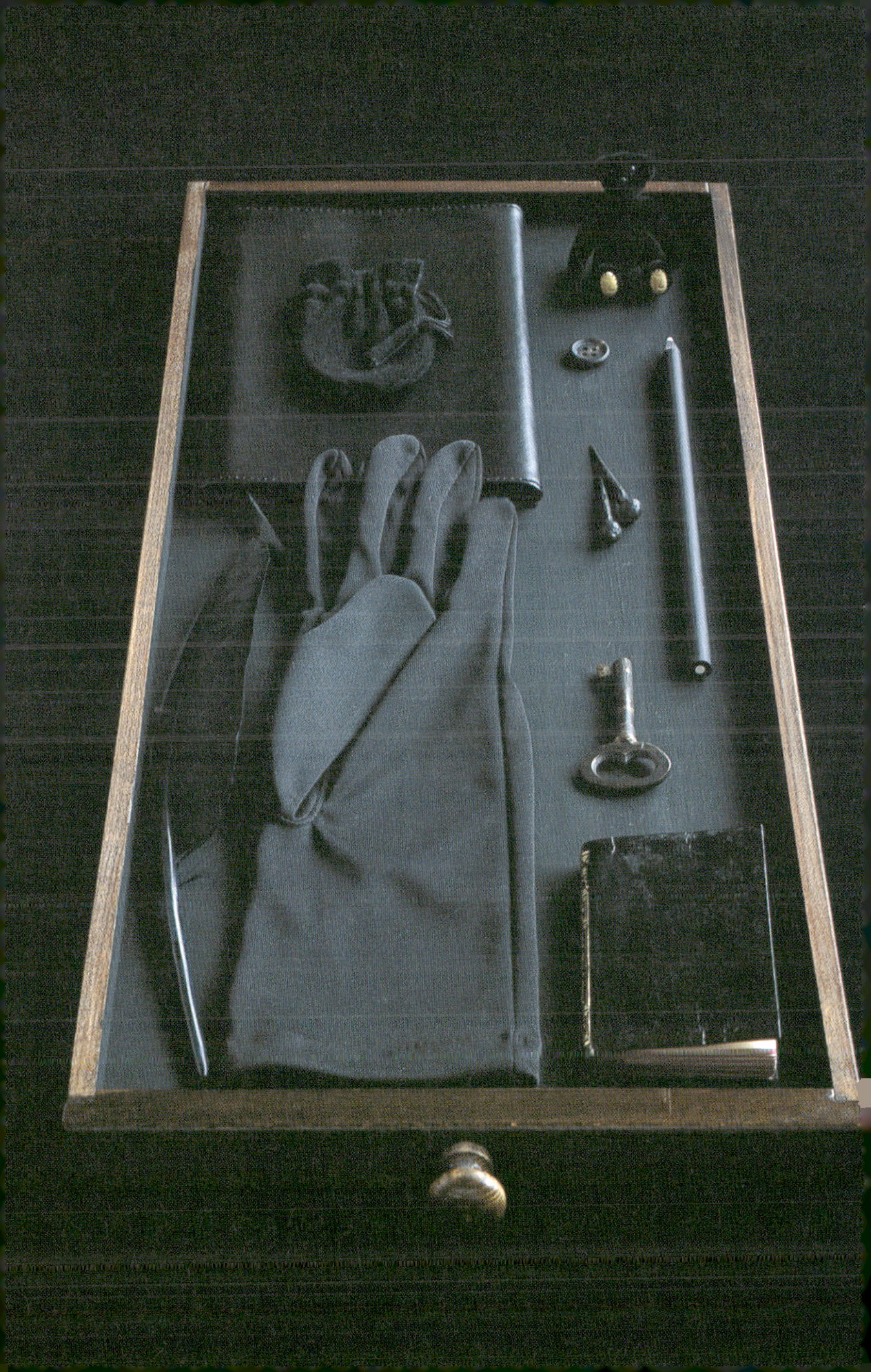

旅の途上　3　怪盗からの小包み

しゃらくさい店などは持たず、変幻自在にあちらこちらに出没する「怪盗」と呼ばれるディーラーがいる。彼が扱う商品はこの世の万物すべてであり、リクエストをすれば数カ月以内にたいていのものは見つけ出してくれる。

仕入れの旅に出れば、かならず一度は彼とすれ違った。

いや、もちろん前もって連絡をとり、日時と場所を約束して会うのだが、多忙な彼はあらわれたかと思うと小さなグラスでさっと透明な酒をあおり、こちらの探し求めているものを「なるほど」と理解すると、次の瞬間にはもう姿を消してしまう。

リクエストは、帰国して忘れた頃になって送られてくるのが常だった。

そのまま保管しておきたくなるような美しい小包みで、たとえばリクエストしたものが一九三〇年代の腕時計であったとすれば、包装紙や紐、箱、リボン、添えられたカードや切手に至るまで、すべて三〇年代のもので統一して梱包されている。

四〇年代をリクエストすれば、いっさいが四〇年代となり、あるときなど、消印までその時代のものが捺されていて仰天したことがあった。

――そのとき送られてきたのは宝石箱の鍵で、別のディーラーから買った小さな宝石箱の鍵が欠落していたため、「開かなくて困っている」と〈怪盗〉に頼んだところ、一カ月もしないうちに、まさにその宝石箱の鍵を送ってきた。まさかその時代の宝石箱の鍵が、すべて一律であったとは思えず、どこでどうして同じものを見つけ出してきたのか未だによく分からない。

おそらく彼は、時空を行き来する秘密の抜け道をいくつか知っているに違いない。リクエストに応じて抜け道を使い分け、実際にその時代へおもむくと、そこで品物を難なく調達し、そのままそこで小包みをつくって依頼者に送り付けてくる――そうとしか思えなかった。

ところで、そうまでして鍵を手に入れたかったのは、宝石箱の中に何やら手応えがあったからで、耳元で軽く箱を振ると、コトコト――じつに魅力的な音をたてる。

「さて、いよいよ」とばかりに解錠してみたら、中からあらわれたのは他でもない宝石箱の鍵。

〈怪盗〉は手品師でもあるようだった。

やさしいアイロン

アイロンは iron であり、つまり鉄である。
このアイロンは木製なので、正確にはアイロンとはいえない。
実際、しわがまともに伸びてくれないのだ。
なんというか、しわに圧力をかけるのではなく、
しわとじっくり話しあった結果、こうなりましたという仕上がりになる。
でも、悪くない。
祖母が言っていた。
「シャツにアイロンをかけるときぐらい、背筋を伸ばしなさい」
アイロンをかけるたび思い出す。

ARROW THROUGH ME

見えない矢が、瞬時に心臓をつらぬいてゆく。
決して見えないのに、たしかにそこにあるもどかしい矢だ。
十五年も生きていれば、たいてい一本くらい無料で手に入る。
胸が「キュンとなった」と言う人があるが、
あれはこの矢が突き刺さっただけのこと。
「しかし、さすがにこのごろはもう」と嘆く方のために。

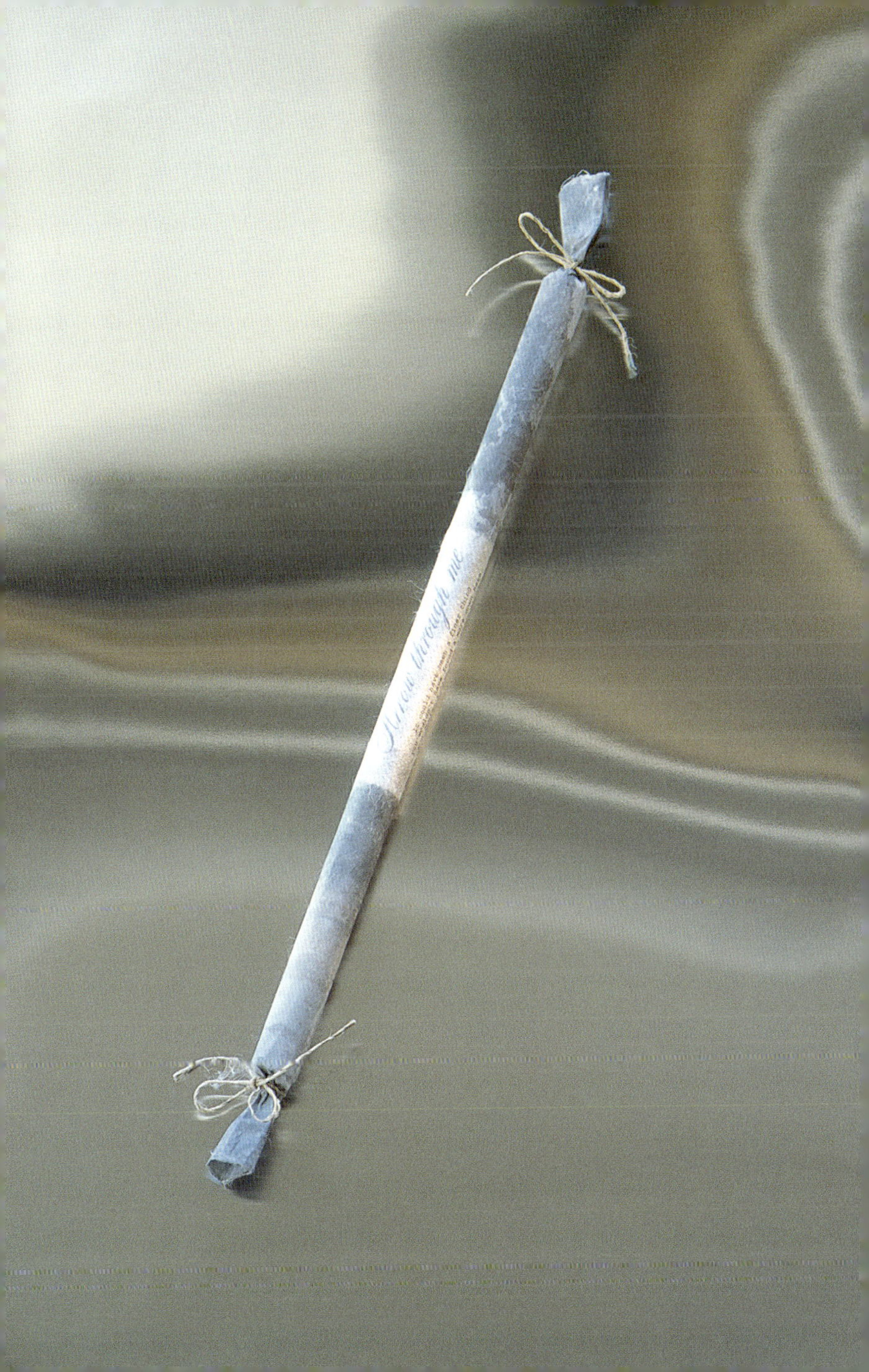
through me

暗転ばかりの戯曲集

少し昔のこと、俗に「暗転芝居」と呼ばれた奇妙な演劇があった。
とにかくやたらと暗転が多い。
というより、上演中のほとんどの時間が暗転で占められ、
照明が当てられるのはわずかな間だけだった。
この分厚い本は、その台本からつくられたもの。
舞台の忠実な再現を意図し、暗転の部分はページ全体が漆黒で刷られている。
つまり、あらかた黒いページばかりが続くじつに奇異な書物になっている。

「ブルースを歌う男の部屋」の切符

特別、看板も出ていない。
とある古いビルの一室で、男が夜中にブルースを歌っている。
観客がいるときもあれば、いないときもある。
男にはそんなこと関係なく、彼はとにかくひたすら歌っている。
部屋に入場するための切符は駅の売店で容易に手に入る。
ただし、ガムやチョコレートに紛れて判然としない。
ガムを買ったつもりが、夜通しブルースを聴くことになる。

ROOM301
ONE DAY
NIGHT ONLY
BLUES
LIVE MUSIC

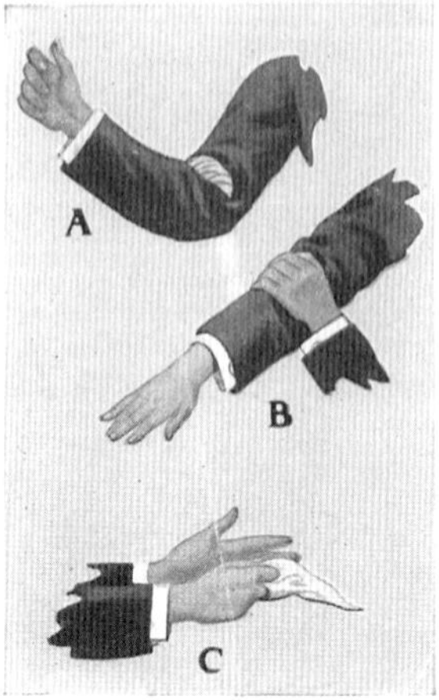
A
B
C

手品師のためのフィンガーボウル

夜――。
手品師は仕事のあとでフィンガーボウルに両手を浸す。
そうすることで、彼の手品は本当に終了する。
そうすることで、彼の指先からマジシャンとしての「気」というか、「種」が消えて、魔法が抜ける。
魔法の呪文を唱えるのもひと苦労だが、
魔法を解くにも、それなりの儀式が必要らしい。
今日も彼は楽屋でフィンガーボウルに指を浸す。
冷たい水を張っておき、少しほてった指を現実の時間に呼び戻し、
同時に、彼の指にそもそも仕込まれてあった何事かを、
そっと水の中に放つ。

糸屑箱

色とりどりの屑である。
屑にも、色とりどりというものがある。
裁縫師の手によって切り落とされた無数の糸屑。
捨てるのが勿体なかったのか、蓑虫のように集めて箱にしまってあった。
いつか何かの役に立たないものかと、裁縫師は考えたに違いない。
が、とうとう使われることなく、
いま、ここにそのまま残された。
この「そのまま」が美しい。

これは、ただの石

何の変哲もない。
これは本当にただの石。
申し訳ないですが、
何の力も持たないし、魔法なんて起こすわけもない。
いつのことだったか、どこかの河原で拾い、
放り投げるのを忘れたままポケットに眠っていた。
正真正銘、なんの価値もないただの石ころ——。

言葉を売る男

「――ということは、君らはまた本を書くわけだね」
〈言葉を売る男〉がそう言った。
「ええ、帰国したらすぐに」
「では、その本を書く前に、俺が余計な言葉を買い取ってやろう」
〈言葉を売る男〉は、〈言葉を買う男〉でもあるようだった。

「おかしな男だよ。でも、いい奴だ。霞を食べて生きてる」
サーカスの団員にそう教えられた。
「のっぽのジェイ」の息子が、いまでも街角で〈ワルツ〉なる食堂を営んでいるというので、〈言葉を売る男〉とは、そこで待ち合わせして会うことになった。
事前に電話でやりとりすると、
「俺は帽子もかぶらないし、眼鏡もかけない。腕時計も指輪も煙草も嫌いだ。だから何の目印もない。それが俺だよ」

実際、そのとおりだったが、食堂は空いていて、彼の他に誰も客がいなかった。
「わざわざ遠くからやってきて、俺の〈言葉〉を買うなんて馬鹿げてる」
彼は「霞」ではなく、白い皿に載ったオムレツを五等分して、ゆっくりゆっくり少しずつ食べた。
「俺には4人の家族がいる。だから分け合って食べるんだ」
ひときれ食べるたび、彼は「弟」になったり、「父親」になったり、「祖母」になったり、「犬のトビアス」になったりした。
「みんなに伝えてほしい。仲良くしなきゃ駄目だって。家族ならなおさらだよ」
「みんな?」と訊き返すと、
「そう、みんな」と彼は大きく両手を広げ、「世界中のみんなのことだよ」と、目に力をこめてそう答えた。
「じゃあ、あなたのことを本に書いてもいいですか?」と訊くと、
「それは駄目だよ。それこそ余計だ」
つまらなそうに彼は言って、
「でも、ちょっとだけならいいよ」——恥ずかしそうにつけ加えた。

アナ・トレントの鞄

〈アナ・トレントの鞄〉という言葉を口にした途端、
世界中の鞄が、
〈アナ・トレントの鞄〉と、
〈アナ・トレントではない誰かの鞄〉
のふたつに分かれた。
「それは、ただの言葉だよ」と〈言葉を売る男〉は言う。
「余計なものは、すべて捨て去り、ただ〈鞄〉とだけ呼べばいい」
ところが、彼の言う「余計なもの」がどうしても気になった。
どうしても捨てられず、
結局、彼にその言葉を売り渡すことが出来なかった。

旅のあいだ、子供用の小さな革鞄を見つけるたび胸がざわついた。
が、「これぞまさしく」と言えるものには、なかなか出会えない。
「惜しい」という言葉が幾度か繰り返された。
それらは、〈アナ・トレントの友達の鞄〉と呼ばれたり、
〈アナ・トレントのいとこの鞄〉と呼ばれたり、
あるいは、〈どこかの誰かの鞄〉と、ひそかに名付けられた。
間違いなく「誰か」の鞄ではあったのだ。
「アナ・トレントの鞄でなければ駄目なのかい？」
ある古道具屋の主人が言った。
「他の鞄だって、なかなかいいよ」
「ええ、そうですね」
力なく答える。
「でも、アナ・トレントじゃないと駄目なんです」
そう言い張りながら、
——ただの鞄では駄目なのかなぁ……

そうも考えていた。
旅の終わりの帰り道、
車の中はいつのまにか仕入れた品々であふれかえっている。
そこには、名付けようもない、ただ美しいかたちをしたものと、
魅力的な名前を授かったガラクタが渾然としていた。
「言葉」と「もの」が、
「捨てられたもの」と「拾われたもの」が、
ひとつになって「仲良く」している。
「これからどちらへ？」
ガラクタのひとつが不安げに訊ねた。
「秘密だよ」
いたずらっ子のようにそう答える。
「少しだけ、ヒントを」
ふいに、頭の中に『アナ・トレントの鞄』と題された赤い本が浮かび上がった。
「どこかのページに――」

あとがき

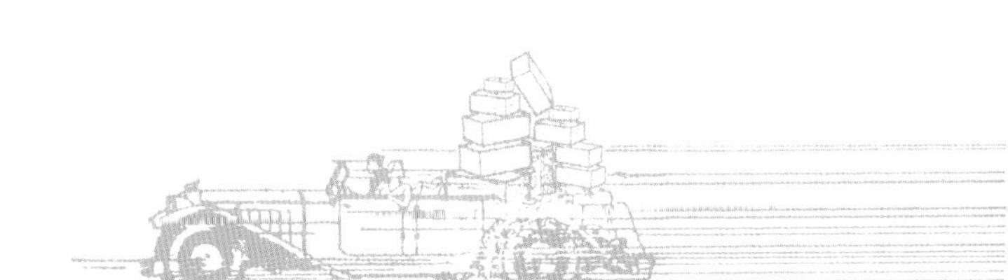

「仕入れの旅」と、ことさら括弧でくくらなくても、じつは日々、仕入れの旅をしているような気がする。

朝起きて、トースターで食パンを焼くと、焼き上がったパンの焦げぐあいが毎日違っていて、ときに見惚れてしまうくらい美しい抽象画が描かれているときがある。

——これでいいのではないか。

たびたび、そう思ってきた。

わたしはいま——とか、世界はいま——などと考えながら絵を描く必要もなく、聞いたこともないような遠くの街まで出向いて、これは売れそうだとか、あれは安く仕入れられるなどと算盤をはじく必要もない。

〈朝、焼いたパン〉

それを気の利いた額に収めて展示するのでは駄目なのでしょうか。

「ええ、駄目でしょうね」

懇意にしてもらっている画廊の主人に、ひとことで斬りすてられてしまった。

やっぱり、そうですか。

「そうですよ。さすがにそれでは売れませんから。売れなかったら、やっぱり食べ

「てゆけなくなるでしょう？」
いえ、売れなくてもいいんです。売れなかったら、額から外して食べちゃえばいいわけだし——というのでは、落語のオチにもならない。
で、仕方なく絵を描いたり、算盤をはじいたりして、「商會」らしく「仕入れの旅」に出たりもするのだが、じつは、本をつくるたび、少しずつ〈朝、焼いたパン〉の方へジリジリにじり寄ってきた。この本など、かなり近づいていて、注意深く観察すると、すでに〈朝、焼いたパン〉のパン屑が登場している。
となると、次の本は、全ページが〈朝、焼いたパン〉になってしまうのだろうか——。
「そんなことより」——と、気の早いこの本の読者からもう電報が届いた。
「アナ・トレントの鞄は、どこにあるのでしょう？」
焼き上がったパンを皿の上に置いて、すぐに返信を打った。
「読者の手の中に！」

クラフト・エヴィング商會

PROFILE

坂本真典

Sakamoto Masafumi

写真家。

1940年、旧満州チチハル生まれ。撮影を担当した本は、向田邦子、向田和子・著『向田邦子 暮しの愉しみ』(新潮社)、妹尾河童・著『河童が覗いた仕事師12人』、菊地信義・著『わがまま骨董』『ひんなり骨董』(平凡社)などの他、クラフト・エヴィング商會及びその関連書の多数を手がける。

PROFILE

クラフト・エヴィング商會

Craft Ebbing & Co.

吉田浩美、吉田篤弘の2人による制作ユニット。
著作の他に、装幀デザインを多数手がけ、2001年、講談社出版文化賞・ブックデザイン賞を受賞。

著作リスト

●クラフト・エヴィング商會・著

『どこかにいってしまったものたち』『クラウド・コレクター/雲をつかむような話』『すぐそこの遠い場所』『らくだこぶ書房21世紀古書目録』『ないもの、あります』『テーブルの上のファーブル』(以上、筑摩書房)

『じつは、わたくしこういうものです』(平凡社)

●クラフト・エヴィング商會プレゼンツ・吉田音・著

『Think/夜に猫が身をひそめるところ』『Bolero/世界でいちばん幸せな屋上』(筑摩書房)

●クラフト・エヴィング商會プレゼンツ

『犬』『猫』(中央公論新社)

●吉田浩美・著

『a piece of cake ア・ピース・オブ・ケーキ』(筑摩書房)

●吉田篤弘・著

『フィンガーボウルの話のつづき』『針がとぶ Goodbye Porkpie Hat』(新潮社)『つむじ風食堂の夜』『白鼠』(筑摩書房)

感謝——

この小さな本をつくりあげるまでに、沢山の方々のお世話になりました。
クラフト・エヴィング商會の「お母さん」中川美智子さんには撮影のお手伝いをしていただきました。撮影といえば、今回も坂本真典師匠の仕事ぶりに誰もが驚嘆しました。美しいです。
また、制作中に（ひそかに）遊び相手になっていただいた皆様、三浦しをんさん、岸本佐知子さん、須田剛さん、また（ひそかに）遊びましょう。
それから、「マアト」を仕入れてくるようにと依頼して下さった『料理王国』の君島佐和子さん、いくつかの秘密のアイテムを調達して下さった古書・日月堂の佐藤真砂さん、お二人の笑顔には、じつになごみました。
そしてもちろん新潮社の皆様、装幀室の山崎陽子さん、お待たせしてすみませんでした。編集長の斎藤暁子さん、おかげさまでこのように無事完成いたしました。
そしてそして、この本を誰よりも愛し、最初から最後まで細やかに面倒を見て下さった名人職人編集者の田中範央さん、心より御礼申し上げます。
あ、忘れちゃいけない、最後までお読みいただいた読者の皆様にも最大の感謝を——。

著者

アナ・トレントの鞄（かばん）

著者
クラフト・エヴィング商會（しょうかい）

発行
2005年7月30日
2刷
2014年6月5日
発行者　佐藤隆信
発行所　株式会社新潮社
〒162-8711　東京都新宿区矢来町71
電話　編集部03-3266-5411
読者係03-3266-5111
http://www.shinchosha.co.jp

印刷所　株式会社光邦
製本所　加藤製本株式会社

乱丁・落丁本は、ご面倒ですが小社読者係宛お送り下さい。
送料小社負担にてお取替えいたします。
価格はカバーに表示してあります。

ISBN978-4-10-477001-4　C0095

フィンガーボウルの話のつづき

吉田篤弘

〈世界の果て〉にある食堂を夢見ながら、
物語はつづいてゆく。
どこからも遠い場所で、どこよりも近いすぐそばで。
クラフト・エヴィング商會の物語作者が贈る
16の掌編集。

四六判・クレスト装

*

針がとぶ

Goodbye Porkpie Hat

吉田篤弘

B面の最後で、針がとぶ。
そこに、聴くことのできない音楽があった。
北極星のように美しかった詩人と、
世界中を歩いてまわる画家。
月と夜と追憶をめぐる7編。

四六判・クレスト装